Alma Flor Ada · F. Isabel Campoy

¡Feliz cumpleaños, Caperucita Roja!

ILUSTRACIONES DE

Ana López Escrivá

D1306787

SANTILLANA USA

© Del texto: 2002, Alma Flor Ada y F. Isabel Campoy
© De esta edición:
2016, Santillana USA Publishing Company, Inc.
2023 NW 84th Ave, Doral, FL 33122

PUERTAS AL SOL / Lengua C: *¡Feliz cumpleaños, Caperucita Roja!*

ISBN: 978-1-63113-532-3

Dirección editorial: Norman Duarte
Cuidado de la edición: Jesús Vega
Dirección de arte: Felipe Dávalos
Diseño: Petra Ediciones
Ilustraciones: Ana López Escrivá
Ilustración de cubierta: Viví Escrivá
Montaje de Edición 15 años: GRAFIKA LLC.

Todos los derechos reservados. Esta publicación no puede ser reproducida,
ni en todo ni en parte, ni registrada en, o transmitida por un sistema de
recuperación de información, en ninguna forma ni por ningún medio, sea
mecánico, fotoquímico, electrónico, magnético, electroóptico, por fotocopia
o cualquier otro, sin el permiso previo por escrito de la editorial.

Published in the United States of America
Printed in the USA by Bellak Color, Corp.
21 20 19 18 17 16   1 2 3 4 5 6 7 8 9

Para Benjamín Pittot,
niño de amor y ternura,
en la promesa de un
mañana hermoso.

Tienda de
Muebles

Serafina

OFICINA DE
CORREOS

Pedrín
Conejo

Sapito
Sapón

Pinocho
y Gepetto

Garbancito

5

Fiesta de cumpleaños

Muy pronto Caperucita va a celebrar su cumpleaños.
Su mamá la ayuda a hacer las invitaciones.
Caperucita las dibuja.

Ven a mi fiesta
de cumpleaños.

¿Dónde? En casa
de Caperucita.

¿Cuándo? El 3 de
septiembre.

¿A qué hora?
A las 4
de la tarde.

¿Para qué?
Para jugar y
divertirnos.

La lista de la compra

Caperucita y su mamá hacen una lista. Una lista de cosas para la fiesta. La mamá escribe la lista.

Cosas para la fiesta

Dos docenas de globos

Torta de cumpleaños

Nueve velitas

Mantel de papel

Servilletas de papel

Platos de papel

Vasos de papel

Cucharas

Tenedores

Cuchillos de plástico

La lista de amigos

Caperucita hace otra lista.
La lista de sus amigos.
Caperucita escribe sus nombres.

Mis amigos

Ricitos de Oro
Cucarachita Martina
Ratoncito Pérez
Sapito
Sapón
Pinocho
Pedrín Conejo
Osito
Garbancito
Gallinita Roja
Los siete cabritos

Las direcciones

La abuela de Caperucita busca
las direcciones de los amigos.
Las busca en la guía de teléfonos.

Guía de teléfonos. Valle del Sol

Cabra Cabrales
Avenida del Prado 3,
Valle del Sol   441-5467

Caperucita R
Avenid...   ...s Jinetes,
Val... ...Sol   441-9098

C...achita Martina
...a Martina,
...ines de la Reina

Ga...nita Roja
Cam...o del Maíz 2,
Valle ...Sol   450-1213

Garbancito
Prado Verde 5,
Valle del Sol   441-1717

Osito
Bosque Escondi...
Valle del Sol   441-7017

...560

Pinocho
Empedrado 3,
Marina Azul

Ratoncito Pérez
Villa Martina,
Jardines de la Reina   525-1111

Ricitos de Oro
Ave. de las Verduras,
Valle del Sol   450-1213

Sapito y Sapón
Roquedal 1,
Laguna Honda   441-6565

Sebastián
Calle Larga 124,
Valle del Sol   225-7878

Serafina
Ave. de las Zanahorias 5,   441-2367
Villa Conejil

523-5353

*C*aperucita escribe las direcciones en los sobres.

Caperucita Roja
Avenida de los Jinetes
Valle del Sol

Serafina Orejilarga
Avenida de las Zanahorias 5
Villa Conejil

Caperucita Roja
Avenida de los Jinetes
Valle del Sol

Ratoncito Pérez
Villa Martina
Jardines de la Reina

La mamá de Caperucita prepara cosas muy ricas para la fiesta. Busca las recetas en su libro de cocina.

Recetas nutritivas y deliciosas
por
Dulce Nata Deliciosa
Cocinera del Ogro Tragaldabas

Chuparse los dedos

COLECCIÓN
Puertas al sol

Recetas favoritas

*E*stas son algunas de las recetas favoritas de la mamá de Caperucita:

Ensalada de frutas

Ingredientes:

2 manzanas
1 papaya
3 plátanos
1/2 racimo de uvas
8 fresas
1/4 de litro de jugo de naranja
1 limón

Preparación:

Se cortan las frutas en trocitos pequeños.
Se colocan en una fuente honda.
Se les exprime el limón.
Se le añade el jugo de naranja.

Postre de yogurt

Ingredientes:

1 yogurt natural
2 cucharaditas de miel
de abejas
1/4 de taza de nueces

Preparación:

Se vierte el yogurt en
un tazón.
Se le añaden la miel
y las nueces.
Se remueve hasta que todo
quede bien mezclado.

El supermercado

VERDURAS FRESCAS DE LA
Granja McGregor

Calabazas

Coles

Zanahorias

Lechugas

Alcachofas

20

En el supermercado

Caperucita y su madre van al supermercado.
Llevan la lista de lo que van a comprar.

Lista para el supermercado

- Pan
- Mantequilla
- Leche
- Jamón
- Queso
- Manzanas
- Naranjas
- Huevos
- Harina
- Azúcar

*H*ay muchos compradores en el supermercado. Ven a Ricitos de Oro y su madre. Están comprando frutas. Compran:
dos mangos
cuatro melocotones
una piña
cinco peras
muchas cerezas.

23

Ven a Sapito y Sapón.
Están comprando verduras.
Sapito y Sapón compran:
maíz
lechuga
tomate
rábanos
cebollas.

Ven a Pedrín Conejo. También está comprando
verduras. Es peligroso tomar las verduras de
la granja del señor McGregor sin su permiso.
Es mejor comprarlas en el supermercado.
Pedrín compra:
lechuga
lechuga
lechuga
y lechuga.

Alcachofas

Zanahorias

Lechugas

¡Feliz cumpleaños!

Los invitados llegan a las tres de la tarde.
El primer invitado que llega es Osito.
Trae un regalo.
El regalo es una jarra de miel.
—¡Feliz cumpleaños, Caperucita!
—Muchas gracias, Osito. ¡Me encanta la miel!
Osito sonríe. A Osito también le gusta la miel.

La segunda invitada que llega
es Ricitos de Oro.
Trae un regalo.
El regalo es una muñeca de trapo.
—¡Una muñeca de trapo! ¡Muchísimas gracias,
Ricitos! —dice contenta Caperucita.
A Caperucita le encanta su muñeca de trapo.

El tercer invitado que llega es Pedrín Conejo.
Viene con sus amigos Sebastián y Serafina.
Los tres traen regalos.
Cada uno trae un manojo de zanahorias.
A Pedrín, a Sebastián y a Serafina les encantan
las zanahorias.
—¡Muchas felicidades! ¡Felicidades! ¡Felicidades!
—dicen los tres conejitos.
—¡Zanahorias! Muchas gracias, Pedrín. Muchas
gracias, Sebastián. Muchas gracias, Serafina
—dice Caperucita muy contenta.
A Caperucita le gusta mucho la ensalada de
zanahorias con manzanas y pasas.

Luego llegan Sapito y Sapón.
Traen un enorme ramo de flores.
—¡Qué flores tan bonitas! Mil gracias
—dice Caperucita muy contenta.
Y le da un beso a Sapito y un beso a Sapón.

El último invitado llega por fin. Es Garbancito.
Viene con las manos vacías.
Su regalo está afuera. En una carretilla.
Es un regalo muy grande.
Todos salen para ver el regalo.
El regalo es una casa de muñecas.
—¡Una casa para mis muñecas!
¡Qué maravilla! ¡Qué maravilla!
—dice Caperucita muy feliz.
A todos les encanta la casa
de muñecas.

La mamá de Caperucita trae la torta.
Caperucita apaga las velitas.
Todos le cantan con mucha alegría.

Primero cantan:

*Estas son las mañanitas
que cantaba el rey David
a las muchachas bonitas
se las cantamos aquí.*

Luego cantan:

*Cumpleaños feliz,
cumpleaños feliz,
muchos años felices
te deseamos a ti.*